단 하루의 **사랑**을 위해

천년을 기다릴 수 있다면

단 하루의 **사랑**을 위해
천년을 기다릴 수 있다면

권갑하 시집

좋은날

멀리 떨어져 있지만
내 마음 깊숙이 보금자리 튼
한결같으면서도 아침바다처럼 늘 새로운 그대,
그대를 사랑합니다.

2013년 권 감 하

차 례

1 사랑의 절반

2 바람이고 싶던 날

3 그래도 그대가 그리운 것은

4 한때 사랑이라 불렸던

1

사랑의 절반

우리 사랑이라면

세상이 바람 불고 춥고 어둡다 해도
아픔 위에 눈물 위에 생채기 난다해도
간절한 그리움 두고 그대 끝내 떠난다해도

우리 사랑이라면
정녕 우리 사랑이라면

저 낮은 곳을 향해 눈이 되어 내리자
저 깊고 붉은 상처 위에 햇살 되어 내리자.

사랑은 기다림이 아니라
찾아가는 것입니다

우리 사랑,
단 한번의 기회임을 믿습니다
하고많은 사람 중에
오직 한 사람, 당신이듯
당신을 사랑하는 건
사랑받기 위함이 아닙니다

기다리는 것처럼
가슴 아픈 일도 없습니다
아무런 연락도 없이
갑자기 그대가 오듯
사랑은
기다림이 아니라
찾아가는 것입니다.

그대의 밑줄

그냥 스쳐 지나는
그런 문장 말고
길에서 마주치는
그런 얼굴 더욱 말고
뜨겁게,
밑줄 쫙 치는
그런 만남이었으면

생각 없이 흥얼대는
그런 노래 말고
무심히 불러보는
그런 이름 더욱 말고
붉은색,
밑줄 쫙 치는
그런 사랑이었으면.

눈먼 하루살이의 사랑

불빛이던가
물 속 어롱대는 꽃그늘이던가
그날 밤
나눈
한 번의 사랑
마주볼
여유도 없이
마냥 은빛으로 설레었던가

하루라니
아아 하루가 일생이라니
단 하루를 위해
천일을
눈감을 수 있다니
순간의
사랑을 위해
천년을 기다릴 수 있다니

뼈 살 다 녹이는
불꽃,
그런 사랑이라면
물 속에 잠겨 흐를
천일이 두렵지 않겠네
천년을
땅 속에 묻혀
그댈
기다릴 수 있겠네.

비

아는가,
비에 흠뻑 젖는 기쁨을
치한처럼 바람은 가고
그 자리 맺는 열매
처마 밑
나를 가두고 퍼붓는
사랑
그대 아는가

무작정 너는 나를
데려 가고 싶어했지
끌고 가
그대 처마 밑
오래 가두고 싶어했지
마침내
하나로 흐르는
강물이고 싶어했지.

봄밤

뱀처럼 스며드는 꽃향기
잠 못 들겠다
야윈 여우 한 마리 알몸으로 끙끙 앓는
오늘밤 강물엔 온통
달 노랗게 익겠다.

달콤한 바람의 혀가
사알짝 닿기만 해도
퐁!
퐁!
터질 것 같은
내 마음 천리 먼길에
마구 풀려나겠다.

나른한 하늘
생살 찢고 뜨는 별들
누군가 기다릴 것 같은 살구꽃 그늘 아랜
가슴도 부푼 옷고름
몰래 풀고 있겠다.

물방울 속의 사랑

갈 수 있겠니, 둥글게 지붕을 얹고
벽조차 문이 되고
문마저 하늘이 되는
빈속이,
헛것이 아닌,
사라져도 다시 뭉쳐질

얼마나 좋겠니, 물방울처럼 투명하게
우리 하나로 맺혀질 수 있다면
서로가 제 얼굴처럼 비춰질 수 있다면

만날 수 있겠니, 다시
설렘만으로
세상의 그 곳, 그 눈빛 맑은 곳으로
길 하나 낼 수 있겠니
마음에
마음이 가 닿는.

우리 사랑

그래요, 조금씩 얼굴빛 달아오르고
얇은 가슴의 상처 차갑게 식어갈 때면
씨방엔 꼬투리 하나 곱게 여물어가겠지요

맞아요, 어느새 가벼워진 푸른 잎새들
물소리 그리운 바람에 실어 보내야겠지요
자꾸만 햇살 당기는 제 그늘을 지우며

아나요, 젖은 손 닿는 곳마다 피어나는
따뜻한 피로 감아 올린 붉은 우리 사랑이
저 낮은 곳으로 향한 한 장 낙엽인 것을.

나의 시

나는 너를 별이라 부르지 않는다
너는 내 눈물
내 안의 숨겨진 상처
슬픔의
정원에 갇혀
꼬박 밤을 지샌 꽃

너의 가슴팍에서 나는 죽으리라
기다림으로 생을 소진하고 싶지 않다
해질녘
야윈 내 그림자
땅에 묻고 싶지 않다

사랑이란,
알몸으로 그대 앞에 서는 것
꽃향처럼 가만히
몸 속으로 이끌리는 것
움켜진
물고기처럼
끝내 달아나고 마는 것

열어다오,
네 깊이 감춘 벽 속의 신비를
저물어 돌아오는 어린 비비새의 꿈을

저 별은
너를 향한 것
오직 너를 향한 것.

시월의 사랑

그대에게로 흘러간
푸른 수액의
나날들

아, 이렇게도 빨리
딱딱해져버린
추억

다 벗고
바람으로 흐를
맑은 우리
사랑아.

사랑한다는 것

눈감고 뛰어드는 불나방 보아라

사랑은
앞 뒤 가리지 않고
몸을 던지는 것

불타는
花心 속으로
깊이 빨려드는 것.

바다이미지 3

하얀 물살을 빚어 구름 한 점 띄워 놓고
푸른 깃 넘실넘실 날아드는 먼 수평선
다가와 잔잔한 목청 절규하듯 말하지

사랑하라 끝없이 뜨거운 가슴으로
저 시원 찬란한 빛누리 꿍꿍 앓는 노을이 내려
끝내는 칠흑빛 어둠 감금되는 아픔일지라도

돌아서 또 말하지 노래하라 눈부신 웃음으로
지칠 줄 모르고 퍼 올리는 하얀 노랫말
바다여 어찌할거나 자꾸만 설레이는 이 사랑을

더 이상 참지 못하지 꽃바람에 무등 타면
간간이 갈매기 울음 내려앉는 빈자리에
또 하루 팽팽한 줄다리기 그 몸살을 앓는 거지.

종

제 몸을 때려 고운 무늬로 퍼져나가기까지는
울려 퍼져 그대 잠든 사랑을 깨우기까지는

신열의 고통이 있다,
밤을 하얗게 태우는.

더 멀리 더 가까이 그대에게 가 닿기 위해
스미어 뼈 살 다 녹이는 맑고 긴 여운을 위해

입 속의 말을 버린다,
가슴 터엉 비운다.

넝쿨손

햇살 당기며 오르는 넝쿨손 보아라
우리 사랑, 빛이 만들어 낸 허구일지라도
휘감아 하늘 오르는 넝쿨손 보아라

사랑은 그리운 눈빛 좇아 오르는 것
그리움이 끝나면 설렘도 사라지는 것
그러니 오 사랑이여, 네 눈빛이 소중하다

그대 손 닿는 곳마다 푸른 피 돌고
작열의 뜰엔 서늘한 그늘 드리우리라
벌들은 꿀을 모으고 웅웅 노래하리라

그맬 향해 어둠 건너는 넝쿨손 보아라
사랑은 돌아올 길을 염려하지 않는 법
새벽길 파란 입술의 뜨건 사랑을 보아라.

계단을 오르다가

가위, 바위, 보
연인들의 사랑 놀음

더 가까워지기 위해
하나가 되기 위해

어쩌나,
점 점 멀어만 지는
가위 바위 보 게임.

이기려고만 하지마
승부게임이 아니잖아

사랑은 가파른 계단을
함께 오르는 거라구

어쩌나,
점 점 멀어져 가는
가위 바위 보 게임.

길에서 사랑을

사랑을 잃어버렸네.
눈 내리는 도시
어둠 차오르는 거리의 불빛 속에서
발갛게 달아오르던
내 사랑
잃어버렸네

잠든 서울역 지나 미아리 어디쯤
아니면 어두운 침실 구석 그 어딘가
아직도 입술 깨물며
기다리는 사랑 있을까

떠난 것은 다시 돌아오지 않는다 해도
빛나는 내일의 순은빛 사랑을 위해
빛 바랜 엽서로 너를
오래 추억하려네

멀리 사라져버린 그대의 뒷모습
꽃 진 거리, 분간할 수 없는 눈보라 속

사랑의 얼굴을 그리네,
잃어버린 것들이 빚어내는.

사랑의 절반

'사랑한다'는 말만이
전부가 아님을
채워도 사랑은
넘치지 않는 것임을
사랑은
언제나 우리에게
부족한 것임을

눈물 마를 그날까지
내 전부를 내주어도
불꽃 사그라질 때까지
그대를 가진다 해도
사랑은
절반에도 아직
미치지 못함을

모든 것을 주었다고 여기는 사람이여
전부를 가졌다고 소리치는 사람이여
사랑을,
아직 절반도 채우지 못했음을.

사랑을 위한 기도

오직 한 사람에게 몰입할 수 있기를

소유 아닌 사랑으로 껴안을 수 있기를

사랑의 그대 품에서 더욱 자유롭기를

묵묵히 말없음으로 다가갈 수 있기를

눈빛 하나로 다 말할 수 있게 되기를

하나의 영혼으로 다시 태어나게 되기를

습관성 사랑에 익숙해지지 않기를

떠나보내야 할 때 미소 띄울 수 있기를

기꺼이 그대를 다시 선택할 수 있기를.

그런 사랑

채워 가는 사랑보단
조금씩 비워 가는
사랑

위를 바라보지 않고
낮은 곳을 향하는
사랑

아픔과 슬픔까지도
다 껴안는
그런 사랑

그대 아니면 안 되는
오직 하나뿐인
사랑

멀리 있어도
온통 나를 전세 내고 있는
사랑

밤이면 그대를 위해
두 손 모으는
그런 사랑.

사랑의 슬픔

껍질 속에 감춘 달팽이의 뿔 돋은 고독을
빈 둥지에 남기고 간 새들의 허무를
조금씩 녹슬어 가는 태엽 속의 시간을

물풀처럼
바람처럼
막무가내 졸라대던

네게로 다가갔다,
이내 뒷걸음치는

파도는 왜 외진 바닷가 상처로 부서질까

알겠니, 우리 사랑의 순은빛 슬픔을
마르지 않는 눈물만이 변치 않는 진실인 것을
네게로 가는 일보다
더 소중한 게 없다는 것을

2
바람이고 싶던 날

안경

가슴으로 세상을 보는
안경이 되고 싶다
그대 눈물 흘릴 땐
뿌옇게 가려주고
플래시 터지는 날은
따라 반짝 빛나고 싶다

그리움의 아침이나
기다림의 저녁이나
지쳐 누울 때는
잠시 눈감게 하고
저만치
떨어져 앉아
그댈 오래 바라보고 싶다.

꽃의 선율

썼다가는 지우고,
끝내 한 줄 채우지 못한
다만 설렘만이
빨간 우편함을 추억하는
꽃그림 씨앗처럼 박힌
그런 편지
받고 싶었습니다

내 안에 현기증처럼 번지는
그대 사랑의 선율
어둠 속 하얀 불빛
온 몸으로 반짝이는
그리운 이의 숨결 같은
그런 노래
듣고 싶었습니다.

꽃잎이 되어

오직 한 사람만을 사무치게 사랑하고픈

그대는 나의 사랑을
나는 그대의 눈물을

한 송이 꽃잎이 되어 오래 떠받들고픈

해 뜨는 아침이나
타는 저녁 놀빛이나

그리움 하나로 무장무장 타오르고픈

저 별빛 배경이 되어
어둠으로 타오르고픈.

입산금지

물망초처럼 흔들리는
'입산금지' 푯말
보란 듯이
나뭇잎들 살짝 살짝 배 뒤집으면
세상 밖
탁발승 따라
입산하고 싶어진다

몰래
그대를 넘다
가슴 찔린 바람의 찡그림
쉿! 사람이다
숲이 수런거리면
초록의
욕정을 뿜어
불지르고 싶어진다.

꿈

마음이 중얼중얼 빈 가지를 스칠 때
쌀겨처럼 희게 웃으며
얼음 밑을 흐르는
늦봄의
허기진 꿈은
해진 손톱만 뜯었다

햇살은
안에서 밖으로
어룽어룽 몸을 말리고
눈뜨면
서툰 기억들
일제히 솟아오르는
어둠 속
길 환히 열리는
노래이고 싶었다.

별

사람아, 우리 사랑에 눈멀었을 때도
눈멀어 거친 들판 정처 없이 헤매일 때도
한자리 웅크리고 앉아 밤을 새던 사람아

아득한 물결 위로 또 천년이 흘러가고
흘러 그대에게 영영 가 닿지 못할지라도
신새벽 맑은 눈빛으로 반짝이는 사람아

시나브로 그 고운 눈빛 사위어 갈지라도
보이지 않는 눈부심으로 타오르고 싶네
빛나는 그대 이름으로 이 어둠을 건너고 싶네.

허공에

귀대면 넘치는 고요

또르르 이슬 구르고

안개 취한 산메아리

해서체로 돌아오는

그 길목

고운 눈망울

불러 보는 하얀 손짓.

무화과

잘 익은 무화과를 따먹어 본 적 있네
꽃 피우지 않고 열매 맺는 무화과
아파해 보기도 전에
생을 다 알아 버린

속으로 꽃 피우려
뜨거운 꽃물 식히려
줄기는 꿈에서마저 얼마나 애를 썼을까
서러워 독이 된 피는
또 얼마나 진해졌을까

무화과가 아프게
익어 갈 때쯤이면
꽃 피우지 못하고 떨어진 어린 꿈들이
내 마음 푸른 그늘에
또 슬픔을 심었네.

기도

가을 햇살에
눈물나지 않게 하소서
숭숭 구멍난 가슴
스치는 바람결에도
그리워
마음이 타는
불꽃이지 않게
하소서

그대
이름 부르다
지쳐 누운 그 어느 날
언제인양
그 길목
서성이지 않게 하소서
하 오래 기다렸노라
입맞추지 않게
하소서.

작은 목재 의자

작은 목재 의자
다리에 나무를 이은
내 야윈 몸 하나 지탱하지 못하는
고향집,
아무도 찾지 않는
작은 목재 의자

꿈 꿨던 모든 것
훌쩍 지나버린 모든 것
아쉬움과 눈물
그리움과 슬픔 사이
묵묵히
한 자리 지키는
작은 목재 의자

너무 오래 되어
제 무게마저 견디기 힘든
하지만 버리지 못하는,
떠나지 못하는

따뜻한,
내 유년의 처마 밑
작은 목재 의자.

고드름

1
어둔 밤 찬 하늘을 거꾸로 건너가는
팽팽한 내 꿈의 현은 밤을 새워 울었다

옹이진 가슴의 상처
오 투명한 인동의 빛!

2
숱한 헛발질 속
한 발 한 발 내딛어온

몸체로 나뒹구는 처절한 한 생이여

똑!
똑!
똑!

녹을 때만이
잠든 영혼을 깨운다.

바람이고 싶던 날

꽃가지 흔들고 오는 바람이고 싶었니라
뉘도 탓할 수 없는 햇살에 가슴 조이며
스무살 더딘 준령을
휘이 넘고 싶었니라.

차마 손 못 닿을 꽃말 같은 하얀 눈빛
저으기 파문 일면 하늘 시름 다 지울 듯
우루루 탱자울 위로
쏟아지고 싶었니라.

그냥 흔들리다가 마냥 기뻐 치솟다가
오로지 푸른 하늘을 높이높이 띄워오는
아릿한 별빛 눈망울
아픈 줄도 몰랐니라.

꽃 지는 아침

어디든 그곳으로
나 떠나려네
첫 키스의 추억
긴 사랑의 약속도
바람에 날려보내고
훌훌 떠나려네.

지운 문장처럼
훌쩍 떠나버린 자리
아프겠지
오래 슬퍼지겠지
묻으며
가슴에 새기며
훌훌 떠나려네.

첫 사랑의 자리
다시 바람이 일고
영원이 순간으로
순간이 영원으로

꿈꾸듯
흘러가겠지
새론 꿈이 돋겠지.

첫눈 오는 날이면

첫눈 오는 날이면
나목으로 나설래요
가진 것
하나 없어도
넉넉한 저녁 한때
아무도
걷지 않은 길
첫사랑에 묻힐래요.

슬픔도
눈물도
다 지운 생각 끝에
머잖아
꽃 피워 올릴
가슴 벅찬 사랑을 위해
소롯이
식지 않을 꿈
오래 다독일래요.

첫눈 오는 날이면
등불을 내걸래요
포개며
몸을 비비며
바람 속을 쓸려가다
저무는
인간의 마을로
돌아오는 그대를 위해.

가을엔

물들고 싶네
단풍처럼
하늘처럼

홀로 깊어진
외로움
가만히 끄집어내

순은빛
햇살 속에다
훌훌 헹구고 싶네

헹궈
색 바랜 마음
여운으로 펼쳐놓고

노을처럼
강물처럼
타오르고 싶네

메밀밭
은은한 길을
딸랑딸랑 걷고 싶네.

은빛 추억

햇살이 등 굽히고 옷 갈아입는 사이

하얗게 목 쉰 억새꽃 산을 밀어 올린다

허기져 앉은 여울목 노래도 갈무렸다.

뒤채다 흔들리다 결 곱게 익은 바람

쓰다 만 그대 안부도 답신은 은빛이다

가난을 적요로 피워 가슴 가득 펼친 산.

아슬아슬 떠 있는 고향

– 돌배나무길

울다가 별을 헤던 돌배나무로 가는 길은
두 눈 감고서도 훤히 찾아갈 수 있는 길
물소리 헤매 돌아도
마음이 앞서 길을 여네.

얼마나 많은 시간들이 몰래 흘러갔을까
웃자란 수풀 속에서 난 그만 길을 잃네
돌부리 아직은 거친
내 유년의 비포장 길.

흘러간 구름 자리 희게 바랜 검정 고무신
그 날 눈물이던 것 여기 고여 있었구나
아 거기 감추어져 있는 내 영혼의 푸른 길.

꽃을 위한 彈奏

序
날이 저물기 전 누가 나에게
아침을 예감하는 불꽃 심지를 심어주오.
어둠의 탯줄 가르고 일어서는
사랑의 양자이게 해주오.

푸드득 한줄기 빛살
뻗은 산맥으로 꿈틀대면

말하지 말라, 아무도
어둠의 깊은 절망과 눈물

목숨의 독한 술잔을
높이 들어올릴 때까진.

1
앙상한 가지 위로 함박눈 소담스럽던 날
총총 새벽 잔걸음으로 날 불러 세우더니

이 봄날 ,

힘있는 목울대로
노래하네,
오 사랑이여.

모르지, 네 가슴에
허망한 탐욕 드리우고
이 풍진 세상 마구 뒹굴기에는
네 가슴 그 눈빛이 너무 맑고 곱다는 걸.

부드러이 스치는 바람
그 바람결에 흔들리누나.

돌아보면 그리움에
아지랑인 벌써 불을 당기고

쑥국새 자지러진 육자배기
무장무장 사무치노니.

2
밤낮으로 벌은 윙윙 네 가슴을 후벼대고
님이여, 나로 하여
달디단 사랑을 맛볼 수 있다면

가슴을 열어 놓아요.
이 가슴을 열어 놓아요.
청아한 목청,
아리아리 아린 몸놀림으로
꽃초롱에 길어 부은 향기로운 꽃불로

사랑을 바치오리다,
바람이 되어
별이 되어.

빛으로 내 존재가 되살아나듯
난 너로 하여 존재하고
아무에게도 보인 적 없는 이 은밀한 사랑

촉촉한 그대 입술에
하염없이 눈멀어라.

3
사랑이여,
눈먼 그대 사랑의 양자여
모두들 제 멋에 취해 산다지만
사랑 없인 우린 남남
아무도 그 진한 아픔을 일러주진 않아.

속절없이 꽃잎 떨구면
먹장구름 금세 하늘 뒤덮고
우르릉
우르릉
천둥은 이 가슴을 갈라놓아

아무도 우리 사랑을 보증할 수 없으리.

4
잠시 잊고 살던 날들
어둠 가르고 날아온 새여

온밤내 눈물로 탈색된
투명한 눈동자 반짝이고

우산을 접는 9월 하늘엔
저 눈부신 고뇌와 환희.

내가 널 끓는 마음으로 열애하기 위해
아직도 내 상상력 속엔 독한 피가 흐르고

끝없는 출렁임으로
붉게붉게 타오르는 것을.

어찌할거나,
사방은 가이없는 어둠
내 사는 법을 굳이 알아
희디흰 목 길게 드리우면
네 마음 닮은 조롱박 하나
가을 볕살에 졸고 있는데….

보다 정겨운 것,
보다 향기로운 것들을 위해 기도해야지

밤이면
별을 바라보며
사랑의 노랫말을 띄워 올려야지

억장이 무너져 내리듯
꽃잎이 바람에

떨
어
진
다.

5
떠나는 길
손 흔들며 돌아서는 자리
먼 산 아물거리는 그대
별이 되고
바람이 되어

올거나,
돌아올거나
기약이라도 있었으면….

끊어진 그날 밤 사랑 이야기
한 토막을 이어 들면

먼 하늘 유유히 흘러가는 쪽구름 한 편

겨울엔
따슨 가슴으로
흩날리는 꽃씨를 보듬자.

3
그래도 그대가 그리운 것은

그리움 때문

밤새 이파리들 짜갈짜갈 소리내는 것은
잠 못 들고 강물이 온몸으로 뒤척이는 것은
별빛들, 입술 깨물고 쉼 없이 깜빡이는 것은

마을의 집들이 아직
등불을 걸기 때문
흐린 세월 헤쳐 오르는
어린 피라미떼 때문
내 안에
감추어져 있는
너를 향한 그리움 때문.

한 번쯤

사소한 일로 마음 오래 펴지지 않거나
어느 순간 그이가 이해할 수 없다 느껴질 때
한번쯤
내 방식이 아닌
그이 방식으로 생각해보자

오래 기다려보고 돌아서 눈물 흘려보자
그래도 섭섭하거나 서러운 마음일 때는
한 번쯤
내 가진 모든 것
그이에게 맡겨 보자

가는 길 팍팍하고 늘 혼자라 느낄 때도
저미는 그리움으로 그리운 사람이 되자
한 번쯤
뒤로 물러서서
젖은 나를 바라보자.

가장 행복할 때

그리움에 몸서리칠 때가 가장 행복할 때다
홀로 별을 바라보는 마음 사무칠지라도
밤 새워 그대를 위한
편지를 쓸 수 있기 때문

기다림에 마음 조릴 때가 가장 행복할 때다
설사 그대가 끝내 오지 않는다 해도
온전히 그대를 향해
마음을 열고 있기 때문

사랑에 아파할 때가 가장 행복할 때다
제 사는 일만으로도 팍팍한 세상이라지만
사랑을 잃은 것만큼
불행한 삶도 없기 때문.

멀리 있는 그대에게

더러운 것 덮어주고
부끄러운 것 가려주며
약속처럼 그대 뜰에 첫 눈발 날리거든
상처 난
가슴 만져 줄
내 사랑인 줄 아십시오

마른 가지 발갛게 귓불 달아오르고
지루한 봄밤
누군가 창 스치거든
하 오래
가슴 사무친
내 그리움인 줄 아십시오

꽃 다 피우고
가진 것 하나 없어도
약속처럼 그대
별 하나 오래 반짝이거든
밤마다
골목 서성이는
내 기다림인 줄 아십시오.

그래도 그대가 그리운 것은

그대,
이미 내 수첩에서 지워진
이름이지만
그래도 그대가 자꾸 그리운 것은
언젠가
내 빈 가슴 채워줄
사람이라
믿는 까닭입니다.

그대,
이미 내 앨범에서 사라진
얼굴이지만
그래도 그대가 자꾸 그리운 것은
언젠가
지친 내 마음 보듬어줄
사람이라
굳게 믿는 까닭입니다.

그대,
이미 내 마음에서 멀어진
사랑이지만
그래도 그대가 자꾸 그리운 것은
언젠가
내 차운 손 잡아줄
사람이라
또 굳게 믿는 까닭입니다.

별 우는 밤

하고픈 말은
많았지만
너무 일찍 아팠네

속절없이
별빛
홀로 흔들리거든

손들어
상처 난 가슴
만져다오

당신.

정동진에서

놓치면 미끄러질까 두 손 꽈악 움켜 쥔
이곳은 어느 미명이 혼절하는 간이역일까
뜨겁게 물들다가도 이내 발길 돌리는

앞에 섬 하나 없고 해송 홀로 외로운
그대 침묵하는 날은 바람마저 어쩌지 못해
흩어진 발자국 따라 서성거릴 뿐이다

품어 온 가슴의 별들 다 쓸려 보낼지라도
소금기 그리움으로 우린 또 출렁일 것이다
하지만 사랑하는 이여, 난 그대가 그립다.

망사 날개 속으로

망사 날개 속으로 눈을 감고 듭니다
오후의 고요한 햇살 물풀로 수런거립니다
차올라 더 눈물겨운 하늬
다시 불어옵니다.

멀리 강물이 만나 한 줄기로 흐릅니다
넋을 푼 엉겅퀴꽃들 희게 날아오릅니다
둘러친 푸른 산맥이
나를 포박해옵니다.

노을은 먼저 알고 온몸으로 노래합니다
나 울 것 같은 눈빛으로 다가가 손잡습니다
한순간 금빛 햇살이
볼을 타고 내립니다.

가슴 속 연못을 꺼내 나를 비춰 봅니다
할머닌 덧없는 파문 인 물살을 지웁니다
치솟아 눈부신 것들
따라 물이 듭니다.

우도

그리울 땐 그리워 그리운 섬으로 가고

외로울 땐 외로워 외로운 섬으로 간다

우도여
그대가 외로울 때
그리움은 어디로 가는가.

먼 그대

– 사랑

저만치 하늬바람
아득하여 그리웁고

소롯한 꿈 이울어
안으로 넘치는 강

마음도
먼 길 목마른
불길이면 좋으리.

−빈 방

내 안에서 너는 늘
소리 없이 불을 당기고

눈물빛 하얀 언어
구슬 되어 반짝일 뿐

뜨겁게
울고 싶을 때
넌 언제나 거기 없다.

그대 몹시 그리운 날은

그대 몹시 그리운 날은
파란 바다가 되리
외롬에 몸서리치는 정
미처 못다 푼 이야기를
끝없는 날개 짓으로
자아내는 바다가 되리

쉼 없이 노래 부르리
그대 손길 와 닿는 날은
구름이사 제멋대로
흘러만 가더라도
넘치는 그대 음성에
두고 마냥 설레이리

짙푸른 어깨춤이
꽃노을에 타오르면
닿을 듯 닿을 듯
그 손짓에 또 목이 타는
새하얀 그리움 안고
달려오는 바다가 되리.

강아지풀

달빛 받아 쓴 편지 별빛에 실어보내는
그 사랑 촉촉이 젖을 가슴 풀어헤치고
저 홀로
깊어 가는 그리움에
그윽이 등 굽힐 뿐

흙먼지 풀풀 날리는 등 갈라진 황토길을
그대 빗방울 되어 먼 길 일으켜 올 때까지
있는 듯
없는 듯 거기
기다림에 발목 젖을 뿐

더 없이 작고 여린 가슴에 빛나는 이슬처럼
맑고 곱게 풀려 내리는 청아한 가을 햇살
그 숨결
허리 띠 감고
온몸으로 흔들릴 뿐.

눈물에게

그림자 길게 끄는 저무는 강둑에 서면
다시는 돌아올 수 없을 것 같은 마음이
물비늘 잔바람에도 선홍빛으로 타오른다

네 타는 눈망울 속 내 얼굴 잦아들고
내 마른 가슴 깊이 네 눈물 젖어 든다면
나 그대 쓸쓸한 배경이 되어도 좋으리

흘러 그 어디쯤 이윽고는 가 닿게 될
강물마저 작별하는 소멸의 끝자리에는
따뜻한 눈빛을 모아 반짝이는 별로 뜨리.

지는 꽃

내 노래 그대에게 가 닿지 못한다 해도
철없는 그대 발걸음
새도록
오지 않는다 해도
순백의 눈물로,
바람으로
끝내
사라진다 해도

꽃 피고 지는 시간 뒤에 숨어 기다릴라네
오지 않는 그대를,
애초
떠나지 않은 그대를
갈무린
설움의 향기
오래 다둑일라네.

꽃금
– 茶를 마시다가

타는 듯
사위는 눈빛

향기도
목쉰 시간

닿을 듯
닿을 듯

홀로
가슴만 앓네

말로
다
할 수 있다면…

안으로 타는

저

꽃금.

폭설

속으로 눈물을 감춘
들끓는 마음
이거니

온몸으로 풀어내는 네 사랑의 떨림이거니

예컨대
바퀴 자욱 선명한
첫 키스의 추억이거니

뜨겁게 가슴 달구던 숨결 이젠 아니고
돌아서 가슴을 묻는
작별의 인사도 아니고
쓸쓸한 날을 건너는
슬픈 노래는 더욱 아니고

이제 이 별의 심연을 건널 수 있으리
아픔을 지름길로 가로지를 수 있으리
슬픔의 남루를 벗고
그대에게 안길 수 있으리.

그대 벌써 잊었는가

잊었는가 그대
여치처럼 울던 그날 밤을
말하려다 눈감던
세상의 불빛들을
숲길을 흔적도 없이
지워오던 어둠을

그대 벌써 잊었는가
작은 입술에 남긴 전율을
손잡고 나누던
은밀한 우리 약속을
제 몸을 쥐어 짜 밝히던
뭇별들의 전언을

잊지는 않았겠지
물살의 덧없음을
미풍에 흩날리는
그대 머리칼의 슬픔을
별빛도 바람도 없는 밤
갈대의 흐느낌을.

그리운 땅

어디인가, 저 산마루 밟고 선 하늘 멀리
마디 굵은 손 흔들어 여어이 불러보면
살 섞인 뭉게구름으로 일어서는 그 곳은

돌아보면 긴 그림자 지쳐 누운 그리운 땅
그 누가 안간힘으로 눈발을 날리는지
오늘은 봄바람 일고 진달래꽃 붉게 타네

아는가, 피맺힌 저 간절한 솔바람소리로
죽지 않는 눈 속의 푸른 애벌레와도 같은
영롱한 이 땅의 눈들이 깨어나고 있음을.

내 마음의 동천석실

바람처럼
들풀처럼
맨몸으로 흘러가라
과거에
미래에
현재에 매이지 말고
풀잎이
이슬 매달 듯
영혼을 노래하라.

사랑을
이별을
가슴 아파하지 말라
산처럼
물처럼
그리움의 문을 열고
어둠 속
별 반짝이듯
영원으로 침잠하라.

4

한때 사랑이라 불렸던

붉은 입술의 아리아

귀 먹먹해 돌아보니

장미가 꽃잎 벌고 있었다

뜨겁게 속살대는

목소린 들리지 않고

또르르

땀 맺힌 음표들만

굴러가고 있었다.

연가

– 가을에

석류
깊어진 계절의 골 헬 수 없는 거리에서
며칠째 삐에로처럼 돌담 밑을 서성이다
이제사 그대 그리운 이름을 부릅니다.

허수아비
너무 꼿꼿하게 살아온 것 같습니다
무시로 왔다가는 발길도 끊어지고
이 아침 홀로서기엔 삶이 너무 외롭습니다.

들국
언제나 빈 들녘에 홀로 서는 아픔이기
간간이 바람결에 안경알도 닦아내고
차라리 아픈 노래는 향기 풀어 날리렵니다.

한때 사랑이라 불렸던

내 시의 첫 구절
하나뿐인 이름

한때 사랑이라 불렸던
배달부가 전해주고 간

그 눈빛
물안개처럼
사라져간

인연.

드라이플라워 8

1

천 근 쇳덩어린양 깊이 깊이 갈앉는다
가물가물 기억은 산모퉁이를 돌아가고
미세한 빛살마저도 신경질로 튕겨 난다.

2

한때, 가장 높은 정신이던 빛이여

벗겨내도 한 잎 한 잎 일어서는 근심, 무겁게 짓눌러오는
어둠을 불태워 이슬처럼 맑게 깨어날 수는 없을까

이방의 언어로라도
노래할 수는 아주 없을까.

거리에서

나무들은
하나
둘
숲을 이뤄 모여 들고

맑은 가슴을 열어
푸른 바람 일으키는데

우린 왜
숲이 되지 못하고
떠돌고만 있는 걸까.

노을의 강

찢으며
몸을 찢으며
불태우다 꽃은 지고

뒤돌면
도깨비풀씨
형벌처럼 좇아오는

송사리
두 눈에 비친
눈물겨운 이야기들.

한순간
그윽해지는
속살 푸른 저 종소리

물안개
흠뻑 취해
돌아오는 메아리처럼

강물도
감긴 인연을
놀빛으로 풀고 있다.

드라이플라워 9

간밤의 숯불덩이가 다 타버린 이른 새벽
어둠은 눈 비비며 화장실로 들어가고
잠 덜 깬 백지 위에는
뼛조각들이 흩어져 있다

내 얼마나 빛을 좇아 가파르게 타올랐던가
내 얼마나 囚人의 생을 꿈꾸어 왔던가
한때는, 저 불면의 정신에 감전되지 않았던가

만일 내 영혼이 휘황한 밤을 꿈꿔 왔다면
차라리 나는 응결된 침묵으로 견디리

저 천근 默言을 깨치는
향기로
끝내 부서지리.

그토록 절망턴 날이

멀리 떠나 있어도 마음은 늘 그대 곁에
세월은 슬픈 손등 매만지다 돌아가고
그토록 절망턴 날이
나뭇잎에 부서진다.

돌아와 누운 능선
새삼 깨닫는 너와 나
노을은 아픔 잊으려 어둠을 덧칠하고
무수히 가슴 찢으며 빛이고자 하는 시간.

눈물보다 더 빛나는 슬픔의 까만 꽃씨
어둠조차 별로 뜨는 솔바람 영혼으로
또 하루 고독한 운행
내가 나를 지운다.

연가

만남

한여름 바알갛게 익은
감미로운 빛깔이여
아침 이슬 때묻지 않은
해맑은 미소여
영롱한 별빛 눈망울
밤하늘의 꽃일기여.

그리움

두고 눈감으면
꽃은 하마 벙그는데
타는 맘 몸부림에
내쳐 비는 내리고나
시오리 눈길 밖에서
하이얗게 태우는 밤.

사랑

하고픈 말 있거들랑
고이 다문 입술도 좋으리
주고픈 손 있거들랑
두고 못내 아쉬워도 좋으리
돌아와 가슴 부비며
흘리는 눈물 아름다워라.

연가

님이여 저 능선을
쉬어 넘는 흰구름과
보드라이 살결 스치며
다가서는 바람으로
끝없이 이어만 지는
긴 긴 노래 불러주오.

기다림

이럴 때 이 가슴은
터질 듯한 오월의 여인
넌지시 눈길만 줘도
이내 넘쳐 젖어드는
은하수 무늬 진 길을
목선 띄워 오는 님.

별리

불러도 들리지 않을
그쯤 거리 떠나 앉자
스치는 작은 내음도
노을 둥둥 떠 보내면
아 그대 타는 촛불에
쏟아지는 눈물이여.

드라이플라워 10

가도가도 풍경은 새떼들로 아득하고

뜻 모를 하루살이처럼 눈발로 떠돌았다

저물녘 깊은 숲 속의 하얀 갱지 적막 같은.

그때마다 저 잔혹한 정박을 견디지 못한

불빛들은 그 오랜 머뭇거림을 멈추고

발신도 수신도 없이 하얗게 풀려 나갔다.

되짚어 돌아갈 수 없이 낮게 엎드린 시간

아무도 노을의 身熱을 말하려 하지 않았다

어둠에 가위눌린 채 헛말만 우우댈 뿐.

이별을 위하여

청댓잎 하얗게 쌓인 숫눈처럼 왔다가
잎 떨구고 바람처럼 사라지고 마는 것
사랑의 칼날에 베어 푸른 눈물 흘리는 것

아픔 없는 사랑이 또 어디 있으랴
떠나보낸 것들은 언제고 다시 돌아와
계절의 한복판에서 온몸을 불사르는 것

아픔과 슬픔에 오래 흐느끼다 보면
그리움도 괴로움도 잊혀질 때가 있는 것
눈물도 흐르다 지쳐 말라 버리고 마는 것.

찔레꽃

물 그림자 아롱대는
하얀
찔레꽃

가문 들판 물고 오는
시린
새소리

마주 선 그대 발등에
눈처럼 쌓이는

꽃, 잎.

드라이플라워 2

한순간 멈춘 흐름 상상할 수 있겠니?
길게 여운 지는 아릿한 그 한마디
햇살 그 찬란 속에도
찬이슬 품었구나

그날 그 연두빛 바람 자꾸만 가슴을 쳐요
아직 가슴 두근대는 그 무엇이 남았나 보군

뼈 줄기
하나 남김없이
다 삼켜버린
새벽.

드라이플라워 3

자꾸만 궁시렁대는 생각의 등을 할퀴면
흰 속살 다 드러날 듯
부채살로 이는 눈빛
찢어진
얼굴다 벗겨낸
내 유년의 은빛 강물

하루가 안경 알 갈아 낀
새벽 산정 같다면
노여움의 때를 벗기듯 즉석복권을 긁으리라
아 거기 감추어져 있는
파안대소
바람 소리.

드라이플라워 4

우적우적 되새김질하면 반질반질 윤나리
닥치는 대로 건드려보던
그날 그 힘줄 선 손
실타래 풀리다 끊긴
핏빛 찰나
물빛
영원

해맑은 웃음 위로 거울처럼 선연턴 눈매
흙의 뼈
땅의 숨소리
그 날처럼 그리운 날
가을빛 머문 꽃자리
못내
애간장 타리.

드라이플라워 6

긴 인연의 끈을 풀고 창을 열어 놓으면
널 잊은지 너무 오래 떨림마저 다 지우고
한순간 꽃이 된 신화 온몸으로 사루더니

누이여 ! 눈이 부신 네 유년의 햇살들도
곤한 잠 짐을 부리듯 치마폭에 안긴 노래

한 번도
말해진 적 없는
짧은 흐름
긴
몸살.

늦가을 오후

억새꽃은 온통 세상을 하얗게 날려보내고

자취도 없는 꽃자리엔 아직 남은 따슨 숨결

그 짧은 머뭇거림이 노을처럼 아팠다.

긴 울음 새 한 마리 텅 빈 들판 물고 가는

오후의 마지막 햇살 눈이 시린 들국 떨기

개울물 트림을 하면 하늘빛은 더 파랬다.

마른 꽃다발

그 여름 푸른 핏물 눈물마저 다 동나고

밟으면 슬픔이 될 흰 뼈대 싸늘한 허울

목소리 다 거둔 빈 방 화석처럼 걸려 있다.

진홍의 하루는 가고 미친 듯 다가선 새벽

저것 봐 죄라도 진 듯 마구 뒹구는 꽃잎

또 하루 견딘다는 건 주검처럼 참혹하다.

꽃잎 등에 인 강물

어디로 가자 하는가
강물에 실린
꽃잎

어떻게 살자 하는가
풀잎에 맺힌
이슬

무엇을 찾고 있는가
내 안을 헤매는
나

어디로 떠나야 하나
꽃잎 등에 인
강물

어떻게 살아야 하나
이슬 가슴에 단
풀잎

무엇을 찾아야 하나
내 안에 길 잃은
나.

작품해설&발문

안타까움, 상실, 아픔, 기다림, 그리고 사랑

장경렬 (서울대 교수)

이 세상의 평범한 사람들이라면 누구나 드러냄직한 사랑의 감정을 절묘하게 드러내는 시인이 있는데, 그가 바로 권갑하다.

평범한 사람들이라면 누구나 드러냄직한 사랑의 감정이라니? 권갑하의 사랑 노래가 의도적이든 의도적이지 않든 때로 감각적이기도 하고 또 한때로 감상적이기도 하기 때문이다.

물론 자신의 시 세계에 지나치게 감각적이거나 감상적인 마음을 담고자 할 때 남는 것은 시가 아니라 시의 모습을 한 언어의 무덤일 뿐이다. 바로 이 점을 시인 권갑하는 의식하고 있는 듯한데, 이를 증명하는 작품이 「안경」이다.

가슴으로 세상을 보는
안경이 되고 싶다
그대 눈물 흘릴 땐
뿌옇게 가려주고
플래시 터지는 날은
따라 반짝 빛나고 싶다

그리움의 아침이나
기다림의 저녁이나
지쳐 누울 때는
잠시 눈감게 하고
저만치 떨어져 앉아
그댈 오래 바라보고 싶다.

— 「안경」 전문

무엇보다도 사랑의 마음이 "안경"을 통해 표현되고 있
다는 점에 주목할 수 있다. 여기에서 "안경"은 일종의 '매
개 수단'(vehicle)의 역할을 하는데, 바로 이 매개 수단으
로 인해 절절한 마음의 표현은 사적(私的)인 것에서 공적
(公的)인 것 — 진정한 의미에서의 언어 예술적인 것 또는
시적인 것 — 으로 변용되고 있는 것이다. 사실 이 시에서
"안경"이라는 매개 수단을 제거하면, 시적 화자가 갖는 사
랑의 감정은 독자에게 전달되기 이전에 증발해 버릴 수도
있다. 그렇지 않다고 하더라도 기껏해야 소박한 감상의

표출에 지나지 않는 것이 될 가능성이 높다.

하기야 사랑하는 사람이 슬퍼할 때 슬픔을 감싸고 가리워주고 싶고 사랑하는 사람이 각광을 받을 때 함께 즐거워하고 싶다는 투의 표현, 나아가 사랑하는 사람이 지쳐있을 때 그 옆에서 걱정하는 눈빛으로 바라보고 싶다는 투의 표현이야 유행가 가사만큼이나 진부한 것일 수 있다. 문제는 유행가 가사가 그 많은 사람들의 심금을 울린다는 데 있다. 그러나 유행가는 가사로만 존재하는 것이 아니라 곡조와 함께 존재하는 것이고, 그 곡조가 가사의 진부함을 (시인의 표현을 빌리자면) "뿌옇게 가려"준다. 다시 말해, 사랑의 마음에 대한 표현 자체가 곧 유행가가 될 수는 없으며, 더더욱 시는 될 수 없다.

권갑하의 시가 갖는 묘미는 바로 여기에 있다. 그의 시에서는 진부한 사랑의 감정이 "안경"이라는 '매개 수단'을 거치는 가운데 참신하고도 생생한 시적 표현으로 전이되고 있지 않은가. 일상적인 것을 비일상화(defamiliarization)하는 능력, 그것이 시인의 시적 능력을 가늠하는 척도일 수 있다.

사랑하는 사람에게 무언가 의미 있는 존재가 되고 싶다는 감정은 사실 인간이라면 누구나 지니는 것이리라. 그런데 세상에 존재하는 그 많은 초월적 의미를 지닐 수 있는 사물들, 무한한 시적 영감을 불러일으키기도 하는 해, 달, 별 꽃 등등과 같은 사물들을 다 제외하고, "안경"이라니! 사실 우리에게 안경은 아무런 시적 감흥을 불러일으키지 못할 만큼 너무도 일상적인 '도구'로서의 사물이다. 직설적으로 말하자면, '안경이 되고 싶다'는 말은 비시적(非詩的)으로 들릴 수도 있는 것이다. 이는 마치 사랑하는 사람이 착용하는 장갑이나 신발이 되고 싶다는 말과 크게 다를 바가 없어 보이기 때문이다.

그러나 역설적으로 바로 여기에 권갑하의 시 세계가 갖는 매력이 확인되는 것이 아닐까. 사실 무한한 시적 영감을 불러일으키는 사물들을 시에 끌어들이는 경우 비록 분위기를 고양시킬지는 모르나 그 만큼 시가 갖는 현실감은 떨어지게 마련이다. 말하자면, 지극히 현실감이 넘치는 일상적인 사물을 시에 끌어들임으로써, 권갑하는 시적 화자의 사랑을 일상적 현실의 맥락 안에 위치시킬 뿐만 아니라 그 사랑의 감정이 지극히 일상적인 것임을 암시한다. 권갑하의 시가 우리 모두의 시일 수 있다면 이는 바로 이 때문인지도 모른다.

권갑하가 "안경"을 통해 표현하는 사랑의 마음은 우리의 일상생활에서 안경의 역할이 그러하듯이 지극히 수동적인 것이다. "그대"가 "지쳐 누울 때"에는 "저만치 / 떨어져 앉아"서 "오래 바라보고 싶"어 할 뿐이라는 점에서뿐만 아니라 "플래시 터지는 날은 / 따라 반짝 빛나고 싶"어 할 뿐이라는 점에서도 그러하다.

물론 "그대 눈물 흘릴 땐 / 뿌옇게 가려주고"싶어 하는 마음은 적극적인 것일 수 있다. '가려주다'라는 동사가 그와 같은 마음을 읽게 하는 것이다. 그러나 '가려주다'는 비록 능동적 행위를 암시하는 동사이긴 하지만 그러한 행위 자체는 상황에 대한 적극적 대처를 암시하는 것일 수는 없다. 그런 점에서 이 시가 담고 있는 사랑의 마음은 여전히 소극적인 것이다.

그러나 이 시에서 시적 화자의 마음은 결코 소극적인 것만으로 읽히지 않는다. 그 이유는 소극적인 존재로나마 대상에게 무언가 의미 있는 존재가 되기 원하는 시적 화자의 절절한 마음이 생생하게 읽히기 때문이다.

요컨대, 표면적 소극성 뒤에 숨은 적극적인 사랑의 마음을 "안경"을 통해 읽을 수 있도록 시인은 배려하고 있는 것이다. 바로 이 점에서도 권갑하의 「안경」은 독자에게 깊은 인상을 남기는 작품으로 손색이 없다.

천생, 시인일 수밖에 없는 시인

정 성 욱 (시인)

발문을 쓰기 위해 권갑하 형의 시들을 읽어 내리면서 그를 생각한다. 그의 얼굴과 코, 술, 머리카락, 술버릇, 말투, 그리고 그의 습관들을 떠올리며 그의 시를 읽는다.

나에게 있어서 그의 기억은 너무나 새롭다. 그에 대한 기억은 1991년의 낯선 겨울 속으로 들어간다. 그 겨울은 내게 있어서 참담한 시절이었다. 악몽이 있었고 정신은 산란했다. 첫 아이가 세상에 태어났고 그리고 병든 누님이 세상을 떠났다. 탄생과 죽음의 순간을 함께 목격하며 나는 캄캄한 무의식의 골방에서 독한 담배를 피우며 시를 썼다. 그땐 시를 써야만이 살 수 있었다. 돈이 되지 않는 시였지만 그러나 내겐 시를 쓰는 순간만이 행복할 수 있었기 때문이다.

그 캄캄한 무의식이 끝나는 곳에는 가끔, 말할 수 없는 깊은 환각에 빠지곤 했다. 그 시들을 묶어 신춘문예에 투고를 했다. 그리고 기다렸다. 그 시절 무언가를 기다리고 그리워한다는 사실만으로도 가슴이 설레었다. 그러나 당선소식은 오지 않았다.

그리고 1월1일 신문을 장식한 영광의 당선자는 바로 권갑하 형이었다. 그는 그해 조선일보와 경향신문 신춘문예에 동시 당선의 영광을 얻은 것이었다. 나중에 알게 되었지만 경향신문의 차점자가 나라는 것을 알게 되었다. 그것이 바로 권갑하 형과의 첫 만남이었다. 나는 그의 시들을 읽으면서 그의 시가 그만의 독특한 시세계를 구축하고 있음을 알 수 있었다.

그런 그를 다시 만나게 된 것은 1996년 가을이었다. 부산을 떠나 서울 출판사에 근무하고 있던 나는 너무도 뜻밖에 권갑하 형의 전화를 받았다. 한 번 만나자는 것이었다. 지면으로만 대하던 그에게서의 전화는 정말 반가웠다. 그리고 우리는 만났다.

그 첫 만남은 내게 서울생활의 활력소를 불어넣어 주었다. 인사동으로 서대문으로, 종로로 서울의 허름한 술집골목으로 우리는 공유할 수 있는 그 무엇이 조금이라도 있으면 들먹거리며 부산을 떨었다. 이 외로운 서울바닥에 정작 우리가 필요로 하는 것은 인간적인 너무도 인간적인 사람이 그리운 것처럼, 그렇게 우리는 만났던 것이다. 그리고 그를 통해 이상범 시인과 윤금초 시인 등 여러분들을 알게 되었다. 이 넓은 도시에서 누군가를 알고 있다는 것, 그들이 내로라하는 시인이라는 것, 그리고 나와 무엇인가를 공유할 수 있다는 것, 돈도 그 무엇도 될 수 없는 시를 열심히 쓰고 있다는 사실만으로도 나에게 어떤 신선한 충격을 던져 주었다. 사람사귀기에 익숙하지 못한, 더구나 시조시인들을 별로 알지 못하는 나에게 그와의 만남은 나를 다시 시조를 쓰게 만들었다. 나는 그것이 얼마나 고마운지 모른다.

그리고 우리는 의기투합하여 「역류」라는 동인을 결성하게 되었다. 동인명처럼 어떤 시풍에도 영합하지 않고 우리만의 고유한 시 정신을 갖겠다는 투철한 정신(?)을 가지고, 그 의기투합은 마침내 동인지 『강은 역류를 꿈꾼다』로 결실을 이루게 되었다.

나중에 알게 되었지만 권갑하 형은 그야말로 부지런하다. 그는 「나래시조」 동인 편집주간을 맡고 있고, 농민신문사에서 『농협년사 편찬』 팀장을 맡고 있으며, 그 바쁜 와중에서도 글을 써 '한국농협 최초의 비평서'인 《농협 이야기만 나오면 나도 목이 메인다》를 출간하기도 했다. 이 책은 전 농민과 농협인들의 필독서가 되었다. 회사 일하랴, 술 먹으랴, 시 쓰랴 그 바쁜 와중에도 끝없이 무엇인가를 생산해내는 그가 오직 놀라울 뿐이다.

어쩌면 그가 올해 '중앙시조대상신인상'과 '대산문화재단 시 부문 창작지원금'을 수상한 것도 당연한 일인지도 모른다. 아마 나는 권갑하 형을 바라보면서, 그가 하고 있는 그 많은 일들을 보며 많은 것을 느꼈던 것 같다. 내가 근무하는 출판사에는 자매회사가 2개 더 있어 사실 하루도 마음 편하게 쉴 날이 없지만 기실 시 한 편 쓰지 못했던 나 자신이 부끄러워질 뿐이다. 그런 나에게 늘 시를 쓰라고 무언의 압력을 주지만 '쓰지 않는 것이 아니라 못쓴다'라고 핑계를 대곤 한다. 정말 나는 '시를 쓰지 않는 것이 아니라 못쓰는 것일까' 괴롭다.

그는 늘 시조가 대중화되지 못하는 것을 걱정한다. 다른 시인들의 시는 베스트셀러가 되어 독자에게 많이 읽히는 것에 반해 시조가 독자들에게 소외되는 것에 대해 많은 생각을 하는 사람이다. 그것은 바로 시조시인들 스스로의 노력이 부족해서 오는 당연한 결과라고 자책한다. 요즘 발표되는 시조를 읽으면 '마치 도 닦는 것처럼 적막강산 같다'고 말하는 그의 얼굴에서 그의 비장함을 엿볼 수 있다. 그의 진실한 고집스러움. 『단 하루의 사랑을 위해 천년을 기다릴 수 있다면』이라는 그의 시집 제목처럼 그는 어떤 일도 참을성 있게 기다릴 줄 안다. 바로 그런 정신이 바로 권갑하 형에게는 있다. 그래서 그의 주위에는 많은 사람이 들끓는 것인지도 모른다. 어딘가를 찾아 나선다는 것은 곧 무엇을 해야 하는가에 대한 뚜렷한 명제를 가지는 것처럼 그렇게 성실하게 글을 쓰며 주어진 자신의 일에 항상 최선을 다하는 권갑하 형이 나는 부럽다.

특히 이번 시집은 기존의 시조와는 확연히 다른 구성과 시조는 '왜 독자의 손에 읽히지 않는 것인가'하는 중요한 명제를 가지고 '독자에게 다가갈 수 있는 시조'를 쓰려고 했다는 점에 주목할 수 있다. 김초혜 시인의 「사랑굿」이 많은 독자의 손에 읽혔지만 그것이 시조에서의 율격과 격조를 지니고 있다는 사실을 아는 사람은 그리 흔치 않다. 그만큼 시조를 쓰려고 한 것이 아니라 시를 쓰려고 했던 시작품이 바로 권갑하 형의 이번 시집이다.

시조의 대중화을 위해서 첫발을 내딛는 그의 노력에 대해 우리는 진지하게 지켜볼 필요가 있다.

이 같은 행로에서의 그의 시에 대한 진지함은 쉽게 드러난다. 그것은 바로 그의 시에서 부단하게 발견할 수 있다. 그는 천생 시인일 수밖에 없는 시인인 것이다. 그 시인의 길은 그의 시를 읽으면 확연하게 드러난다. 그의 언어들, 가령 뼈, 불꽃, 별, 사랑, 그리움 등의 비유를 통해서도 그것들을 잘 보여준다.

그 언어들은 무언가 말할 수 없는 어떤 영혼의 뜨거운 울림들을 가지고 있다.

1) 뼈 살 다 녹이는 / 불꽃, / 그런 사랑이라면 물속에
    잠겨 흐를 / 천일이 두렵지 않겠네
                                            「눈먼 하루살이의 사랑」 부분

2) 나는 너를 별이라 부르지 않는다 / 너는 내 눈물 내 안의

숨겨진 상처 / 슬픔의 / 정원에 갇혀 꼬박 잠을 지샌 꽃

「나의 시」 부분

3) 다 벗고 / 바람으로 흐를 / 맑은 우리 사랑아

「시월의 사랑」 부분

4) 그리울 땐 그리워 그리운 섬으로 가고

외로울 땐 외로워 외로운 섬으로 간다

「우도」 부분

본디 이 영혼의 뜨거운 울림들은 권갑하 시의 바탕이며 지향이기도 하다. 인용문에서 보이듯, 그의 시세계는 시인이 가지고 있는 영혼들을 눈부시게 하고 사랑 때문이라면 죽음도 불사할 천년의 사랑을 목마르게 기다리게 하며 1) 그리고 그 사랑으로 인해 슬픔의 정원에 갇혀 꼬박 잠을 지새게도 하며2) 진정한 사랑은 다 벗고 자연으로 돌아가는 사랑이라고3) 말하기도 한다. 그리고 그리울 땐 그리워하고, 외로울 땐 외로워하는 사람의 모습으로 돌아가고 싶어 한다.4) 그렇기 때문에 그의 시들은 뜨거움이 있는 것이다. 보이지 않는 미지의 실체인 사랑을 위하여 마침내 모든 거짓의 껍질을 벗기를 진정으로 원하는 것이다. 그의 언어들은 투박하지 않고 섬세하며 사람의 감정을 읽

어내는 몸짓이 있다. 그것은 바로 그의 시들이 죽어있는
것이 아니라 살아있기 때문이다.

가령,

제 몸을 때려 고운 무늬로 퍼져나기기까지는
울려 퍼져 그대 잠든 사랑을 깨우기까지는

신열의 고통이 있다
밤을 하얗게 태우는

「종」부분

에서의 종이 제 몸을 때려 맑은 소리를 내는 것은 오랜 세
월동안 견디어 온 신열의 고통이 있기 때문이다라고 시인
은 노래하고 있다. 그것을 발견하는 시인의 눈은 예리하
면서도 오히려 섬뜩하다. 시인이기 때문에 어쩌면 발견
하는 소리인지도 모른다. 밤을 하얗게 태우며 소리를 내
는 종소리는 어쩌면 시인 자신의 소리인지도 모른다. 바
로 여기에 권갑하 시의 장점이 도사리고 있는 것이다. 그
가 가지는 소리의 세계, 꿈꾸듯이 살지만 치열하게 살고
자 하는 시인의 정신이 배인 시를 쓰고자 하는 마음, 그것
은 거꾸로 말하면 그가 지향하는 시세계가 바로 '인간적인
사랑'에서 기인한다는 것을 알 수 있다.

권갑하 시는 사랑의 육체를 근본으로 하는 이름의 바탕과 지향에 있음을 쉽게 알 수 있다. 빈번하게 그의 시에서 등장하는 입, 가슴, 뼈, 살, 몸 등은 바로 영혼과 떼려야 뗄 수 없는 관계에 놓여 져 있는 것이다. 그것들은 사랑이라는 전제하에서 새로운 생명을 탄생시키는 한 본질이기 때문이다.

사랑이란 실체는 막연하지만 육체는 모호하지 않다는 데에서 출발한다. 그 몸은 바로 강력한 힘이기 때 문이다. 결국 종은 자신의 몸이며 그 몸을 태워서 소리를 내는 것이다. 그리고 그는 끝내 입속의 허황된 말을 버리려고 한다. 그냥 몸으로 말하고 싶어 한다. 그러한 그의 전제는

1) 찢으며 / 몸을 찢으며 / 불태우다 꽃은 지고

「노을의 강」 부분

2) 바람처럼 / 들풀처럼 맨몸으로 흘러가라

「내 마음의 동천석실」 부분

이라는 구절에서도 잘 나타난다. 그 몸은 온전한 몸이 아니라 세월에 찢겨지고 사랑에 미쳐 버린 몸1)이라는 데 근거하고 있다. 그리고 다시 바람과 들풀처럼 청빈으로 돌아가는 삶2)을 노래하고 있는 것이다.

그래서 그는 천생 시인이다. 아니 시인밖에 될 수가 없

다. 그래야 나그네처럼 살 수 있으니까. 몸을 사랑하는 시인, 사랑없으면 살맛이 없는 시인, 사람을 그리워하고 사람을 찾아가는 시인 권갑하. 그의 시들은 그래서 짙은 울림이 있다. 이 시를 보라!

눈감고 뛰어드는 불나방을 보아라

사랑은 앞 뒤 가리지 않고
몸을 던지는 것

불타는 花心속으로
깊이 빨려 드는 것

「사랑한다는 것」 전문

이렇게 그는 목숨을 던져 사랑하고 시를 쓴다. 그에게 시는 바로 목숨이다. 그 목숨은 시가 쓰여 질 때만이 꿈틀거린다. 그런 시를 대할 때마다 나는 괜시리 얼굴이 붉어진다. 시는 쓰지 않으면서 평생 시인이라는 꼬리표를 달고 다니는 내가 부끄럽다. 목숨으로 시를 쓰는 시인과 시는 생각날 때 쓰는 것이라고 말하는 나는 도대체 무엇인가. 시는 어쩌면 정신의 무거움이 아니라 감성의 가벼운 것이라고 믿고 있던 나에게 권갑하 형의 시 쓰기 자세는 정말 부러울 정도다.

발문 때문에 전화를 걸었을 때 종로 뒷골목에 가서 동동
주 한잔 시원하게 걸치고 싶다고 했더니 요즘 그는 몸이
성칠 않다고 한다. 얼마 전 팔의 뼈가 부러져 술을 당분간
못한다는 것이다. 아니 술이 마시고 싶어 죽겠다고 아우
성였다. 농민신문사 부장으로, 시인으로 부지런하게 자신
의 일에 최선을 다하며 살아가는 그가 엄살을 부린다. 나
는 다시 글 처음의 회상에 젖는다.

　　세상이 바람 불고 춥고 어둡다 해도
　　아픔 위에 눈물 위에 생채기난다 해도
　　간절한 그리움 두고 그대 끝내 떠난다 해도

　　우리 사랑이라면
　　정녕 우리 사랑이라면

　　저 낮은 곳을 향해 눈이 되어 내리자
　　저 깊고 붉은 상처 위에 햇살되어 내리자

　　　　　　　　　　　　　　　　　「우리 사랑이라면」 전문

　이제 그가 한 권의 시집을 세상에 내 놓는다. 정말 부지
런하다. 그의 피와 땀이 배인 이 시집에 후배인 내가 발문
을 쓰는 것조차 부담스럽고 영광스럽다. 나는 이 시집이
많은 독자들의 손에서 읽히기를 간절히 바라고 싶다.

단 하루의 **사랑**을 위해
천년을 기다릴 수 있다면

1판 1쇄 | 1999년 9월 30일
1판 2쇄 | 1999년 10월 15일
1판 3쇄 | 1999년 11월 25일
2판 1쇄 | 2013년 12월 27일

지은이 권갑하
펴낸이 은보람
펴낸곳 도서출판 좋은날
출판등록 2013년 10월 7일 제2013-000070호
주소 우)140-902 서울시 용산구 두텁바위로 101-1
전화 02-752-1895 | **팩스** 02-752-1896
전자우편 book@dalgwaso.com
홈페이지 www.dalgwaso.com
찍은곳 범선문화사

정가 10,000원
ISBN 978-89-86894-85-1 [03810]

* 이 시집은 대산문화재단의 창작 지원을 받아 간행되었습니다.